A *Luigi* y *Teresa*, el comienzo de todo.
L. P.

A *Tiziana*, *Alvise* y *Sofía*, cocodrilos amables.
A. G. F.

Panzieri, Lucia
El cocodrilo amable / Lucia Panzieri. - 1a. Ed. - Ciudad Autónoma
de Buenos Aires: unaLuna, 2016.
32 p. ; 30 x 22,5 cm.

Traducción de: Clara Giménez
ISBN 978-987-1849-29-1

1. Literatura infantil italiana. I. Giménez, Clara, trad. II. Título.
CDD 853.9282

Título original: *Il coccodrillo gentile*
Texto: Lucia Panzieri
Ilustraciones: Anton Gionata Ferrari
Traducción: Clara Giménez
Diseño: Mariana Salemme

ISBN: 978-987-1849-29-1

© Editrice Il Castoro S.R.L., 2008
© unaLuna, 2016

Distribuidores exclusivos:
Grupo Editorial Claridad
Vidal 2649 - (C1428CSQ) Ciudad Autónoma de Buenos Aires, Argentina
Tel.: (54-11) 5219-2259
www.grupoclaridad.com.ar

LUCIA PANZIERI   ANTON GIONATA FERRARI

EL COCODRILO
amable

unaluna

GRUPO CLARIDAD

Había una vez un cocodrilo ferocísimo: dientes, cola, escamas verdes; todo un cocodrilo completo.

Medía muchos metros de largo y tenía tal vez mil dientes dentro de una boca enorme.

El hecho es que en su interior, en su corazón, era un cocodrilo muy amable, muy sensible, que había querido vivir en una casa verdadera, como un gato o un pececito, para jugar con los chicos.

Sabía empujar la hamaca y cocinar una torta de manzanas, y habría podido ser mucho más: un muy buen cocodrilo guardián, un perfecto cocodrilo doméstico y un verdadero y apropiado cocodrilo para atender a las visitas. Y además sabía bailar sobre la cuerda floja.

Sobre todo podía transformarse en un hermoso puente
verde por donde corrieran los trencitos de juguete.
Pero ninguna familia soñaba con tener en
casa un cocodrilo doméstico.

Entonces el cocodrilo amable tuvo una espléndida idea:
decidió entrar en una casa a escondidas, a través de las páginas
de un libro para chicos.

En el libro, el cocodrilo amable era sólo un cocodrilo dibujado en el papel, pero de noche salía de las páginas y hacía un montón de favores a esa familia y a esos chicos.

Guardaba los juguetes,

lavaba los platos,

doblaba la ropa con cuidado

y luchaba con valor contra las pesadillas que salían debajo de la cama.

A veces, al llegar la mañana, untaba con deliciosas mermeladas el pan para el desayuno.

Después, un poco enojado, volvía calladito a su lugar, entre las páginas del libro. El cocodrilo amable se había convertido en un amigo de la familia invisible e imposible de hallar,

LUCIA PANZIERI   ANTON GIONATA FERRARI

EL COCODRILO *amable*

y ahora, todos querían conocerlo: ¿quién era ese ser misterioso, tan amable, que durante la noche hacía todas aquellas tareas?

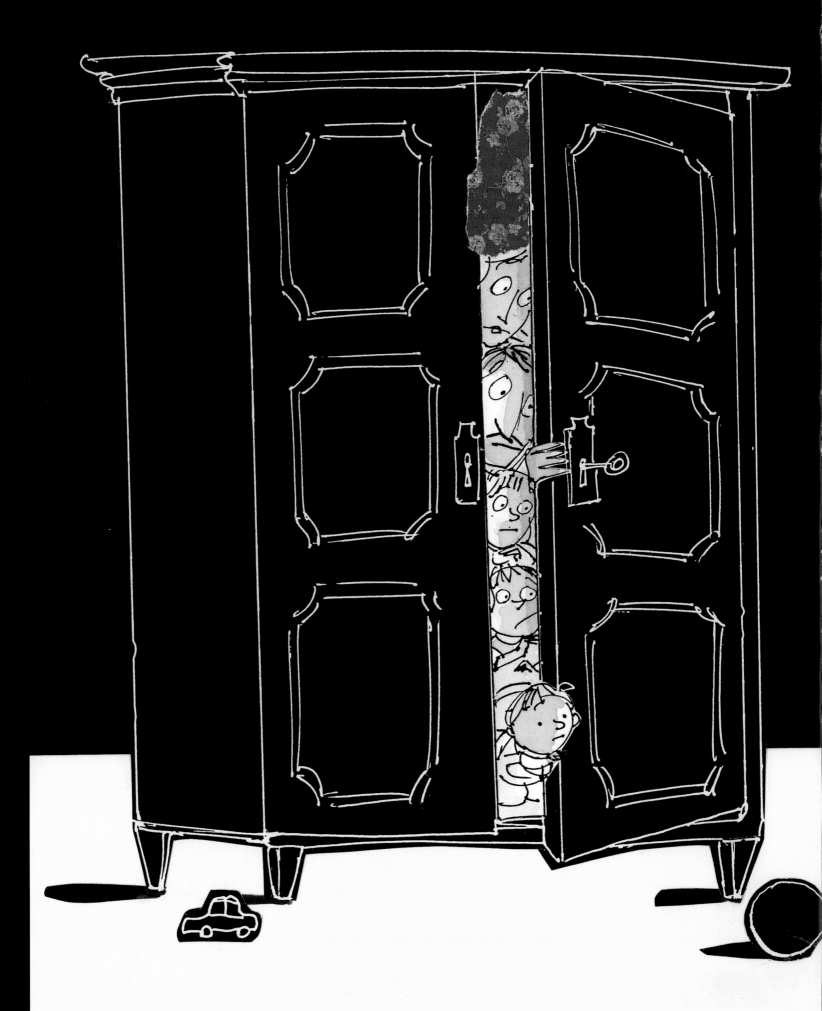

Así, una noche, mamá, papá y los chicos, se escondieron en un armario, muy apretados y se pusieron a mirar por el ojo de la cerradura para descubrir a su amigo.

Estaban convencidos de que verían en la oscuridad un hada de los deseos, un duende de los bosques, un mago con su bonete...

Pero en el pasillo se movía en cambio... ¡un cocodrilo!

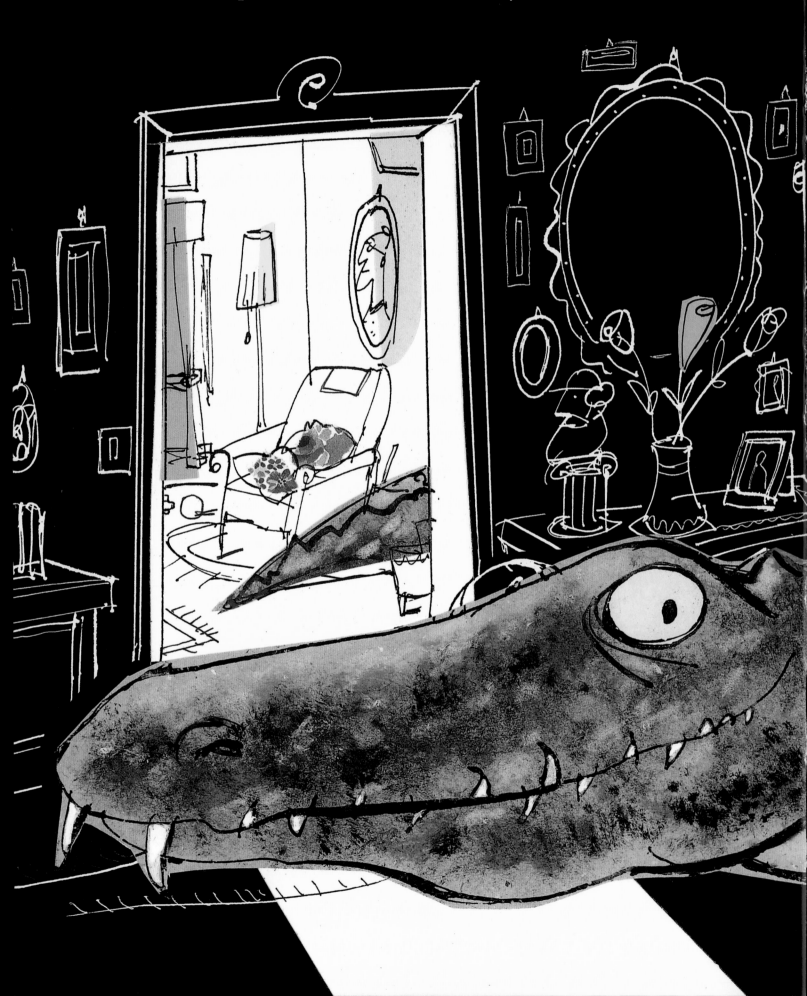

Un cocodrilo ferocísimo, de muchos metros de largo, y tal vez con mil dientes en una boca enorme.

—¡Socorro! ¡Llamemos a los bomberos! —decía la mamá asustada.

—¡Pero no, yo lo puedo enfrentar solo! —decía el papá con coraje.

—¡Que se quede, que se quede con nosotros! ¡Es el cocodrilo amable! —decían los chicos que ya lo querían.

"¿Un cocodrilo amable? ¿Cómo podemos estar seguros de su amabilidad?", pensaba papá que tenía tantas dudas, como dientes afilados tenía el cocodrilo...

Pero como se acercaba la mañana, el cocodrilo amable preparó un buen café para el desayuno de los padres.

—Gracias, señor cocodrilo, muy amable —dijo el papá. Si quiere puede quedarse con nosotros algunos días.

Si van a visitarlos, el cocodrilo amable está todavía allí, jugando con los chicos y preparando el desayuno para todos.

Porque ya se sabe, en cualquier familia siempre se hace lo que dicen los padres.